MW01121739

FIN DEL JUEGO

por Benjamin Bird

ilustrado por Patrycja Fabicka

PICTURE WINDOW BOOKS
a capstone imprint

Publicado por Picture Window Books, an imprint of Capstone
1710 Roe Crest Drive,
North Mankato, Minnesota 56003
capstonepub.com

Los datos de catalogación previos a la publicación se encuentran
disponibles en el sitio web de la Biblioteca del Congreso.

ISBN: 9781484696682 (tapa dura)
ISBN: 9781484696743 (tapa blanda)
ISBN: 9781484696699 (PDF libro electrónico)

Resumen: A Arthur le encantan los videojuegos, ¡pero jamás se
imaginó quedarse atrapado dentro de uno! Ahora le queda una sola
vida, y tendrá que usar todo lo que sabe sobre los videojuegos para
sobrevivir. Con capítulos cortos, texto fácil de leer y contenido especial
al final de cada libro, la serie ¡BU! logra dar un nivel de susto justo a
los lectores más pequeños (sin quitarles el sueño).

Diseñadora: Sarah Bennett

Elementos de diseño: Shutterstock: ALEXEY GRIGOREV, elemento de
diseño, vavectors, elemento de diseño, Zaie, elemento de diseño

Printed and bound in China. 5827

TABLA DE CONTENIDO

CAPÍTULO UNO

INICIAR JUEGO

Un niño corría por un largo laberinto de ladrillos.

"*¡UF, UF!*".

Le costaba respirar, pero el niño no podía descansar. Algo lo perseguía.

El niño escuchó pisadas fuertes.

¡PAM! ¡PAM! ¡PAM!

Giró corriendo una esquina cerrada y se encontró cara a cara con una bestia gigante.

El monstruo mostró sus colmillos filosos.

"¡GROOAAAR!"

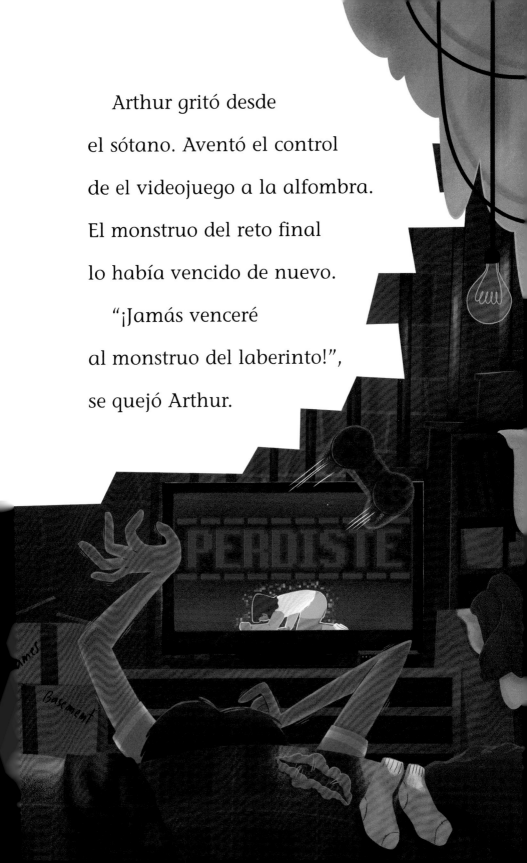

Arthur gritó desde
el sótano. Aventó el control
de el videojuego a la alfombra.
El monstruo del reto final
lo había vencido de nuevo.

"¡Jamás venceré
al monstruo del laberinto!",
se quejó Arthur.

Arthur trató de apagar el juego, pero la consola no se apagaba. Volvió a apretar el botón una y otra vez.

Apareció una alerta en la pantalla.

Decía: TE QUEDA UNA VIDA.

Arthur se rascó la cabeza, confundido.

¿Cómo conseguí otra vida?, se preguntó.

De repente apareció otro mensaje en la pantalla: INICIAR JUEGO PARA CONTINUAR. . . SI TE ATREVES.

CAPÍTULO DOS
OTRO NIVEL

"¡Genial! ¡Una vida extra!", dijo Arthur, encantado.

Empezó una cuenta regresiva en la pantalla:

"5 . . . 4 . . . 3 . . . 2 . . ."

Cuando faltaba un segundo, Arthur presionó el botón para iniciar el juego.

¡CLIC! De repente, todo quedó a oscuras.

"¡Mamá!", gritó Arthur.

"¡Se fue la luz de nuevo!".

Pero nadie contestó.

Arthur gruñó. "Espero que se haya guardado mi juego".

Arthur se puso de pie y atravesó
la oscuridad con dificultad. Buscó
un interruptor de luz. No encontró
ninguno.

Arthur tropezó y se cayó. El piso del
sótano parecía estar hecho de ladrillos.

"¡Auch!", exclamó.

¡El piso sí era de ladrillos! Cuando
Arthur levantó la vista, vio varias
flechas brillantes.

Las flechas señalaban una puerta
de acero con las palabras:
¡RETO FINAL!

"¿Qué está pasando?", preguntó
Arthur, perplejo.

¡*FUUISH!* La puerta se abrió de golpe.

Arthur se puso de pie, se sacudió y entró.

Del otro lado había un laberinto infinito.

No puede ser, thought pensó Arthur mirando a su alrededor. *¡Estoy dentro del videojuego!*

¡PLAS! La puerta de acero cerró de golpe. Se hizo el silencio. Luego Arthur escuchó un ruido desde el interior del laberinto.

¡PAM! ¡PAM! ¡PAM!

"¡El monstruo del laberinto!", gritó.

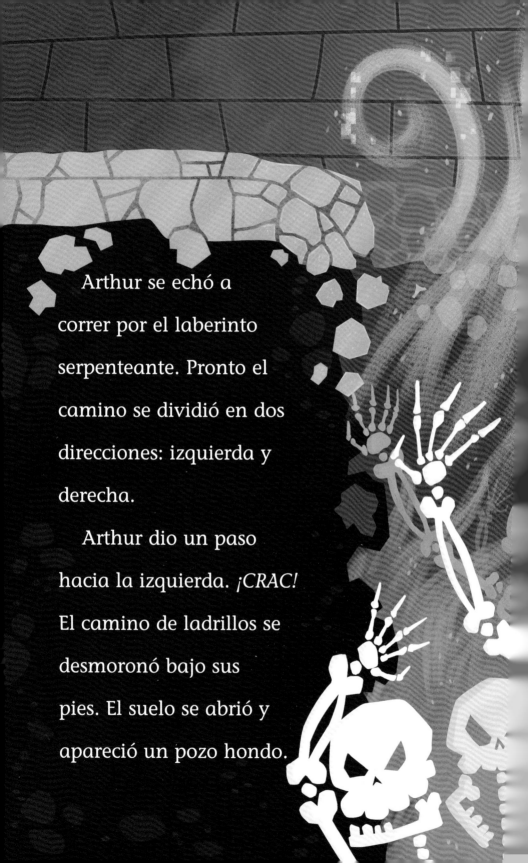

Arthur se echó a correr por el laberinto serpenteante. Pronto el camino se dividió en dos direcciones: izquierda y derecha.

Arthur dio un paso hacia la izquierda. *¡CRAC!* El camino de ladrillos se desmoronó bajo sus pies. El suelo se abrió y apareció un pozo hondo.

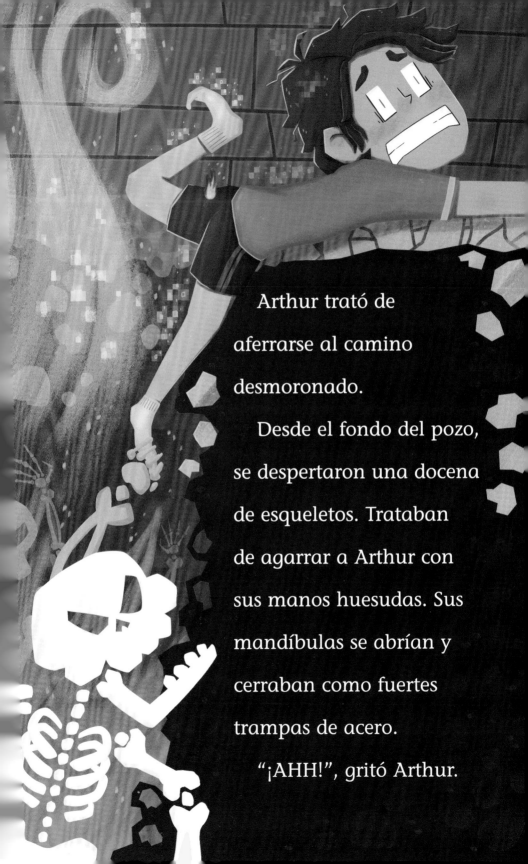

Arthur trató de aferrarse al camino desmoronado.

Desde el fondo del pozo, se despertaron una docena de esqueletos. Trataban de agarrar a Arthur con sus manos huesudas. Sus mandíbulas se abrían y cerraban como fuertes trampas de acero.

"¡AHH!", gritó Arthur.

CAPÍTULO TRES
RETO FINAL

Arthur salió trepando del pozo y se puso a salvo.

"Error de principiante", dijo sacudiendo la cabeza.

Arthur volvió a mirar a su alrededor.

"Piensa", se dijo a sí mismo. "Ya jugaste este nivel".

Esta vez, Arthur se dirigió a la derecha en vez de a la izquierda. El piso no se desmoronó.

Mientras corría, Arthur se acordó del camino correcto. Pero con cada curva y giro, las pisadas sonaban más fuerte. *¡PAM! ¡PAM! ¡PAM!*

Un poco más adelante había una curva cerrada. Arthur se detuvo.

También se detuvieron las pisadas.

Arthur apretó la espalda contra el muro. Se acercó poquito a poquito a la curva.

Podía escuchar la respiración del monstruo del laberinto desde el otro lado.

De repente, uno de los ladrillos del muro se movió. Arthur lo empujó, y se abrió un cajón secreto.

Metió la mano ¡y sacó una espada en llamas!

"¡Poder adquirido!", exclamó Arthur.

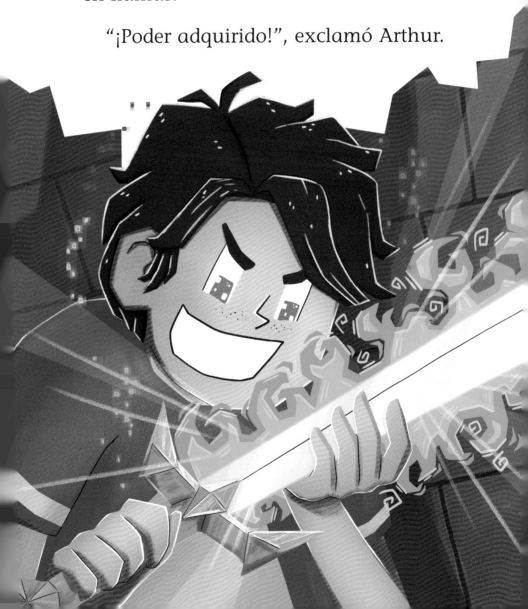

Con la espada, Arthur dio la vuelta a la esquina. De nuevo estaba frente a frente con la bestia gigante.

¡*ZAS!* Arthur blandió la espada contra el monstruo.

¡*FUUISH!* La bestia atacó con sus garras.

La pelea seguía. Y seguía y seguía.

Tanto Arthur como el monstruo del laberinto se estaban debilitando. Un último golpe destruiría a cualquiera de los dos.

¡ZAS! ¡FUUUISH!

De repente, todo quedó a oscuras otra vez.

De vuelta en el sótano, una puerta se abrió con lentitud.

¡CHIIIR!

La mamá de Arthur gritó por las escaleras, "¿Todo bien, Arthur?".

Nadie contestó. Pero en la pantalla, titilaba un último mensaje:

FIN DEL JUEGO.

AUTOR

Benjamin Bird es un editor y escritor independiente de libros infantiles de St. Paul, Minnesota. Ha escrito libros sobre algunos de los personajes más populares de la actualidad, entre los que se incluyen Batman, Superman, Mujer Maravilla, Scooby-Doo, Tom y Jerry y muchos más.

ILUSTRADORA

Patrycja Fabicka es una ilustradora que ama la magia, la naturaleza, los colores tenues y contar historias. Le alegra crear lindas y coloridas ilustraciones, incluso en las noches frías de invierno. Ella espera que su arte inspire a los niños, así como a ella le inspiraron *La reina de las nieves, La Cenicienta* y otros cuentos de hadas.

alerta—una señal de peligro

colmillo—un diente largo y filoso

destruir—acabar con algo

infinito—que no tiene fin o parece no tenerlo

reto final—el último desafío en un videojuego

vencer—triunfar en algo

PREGUNTAS PARA DISCUTIR

1. ¿Piensas que el monstruo del laberinto venció a Arthur? ¿Por qué sí o por qué no?

2. Vuelve a revisar el libro. ¿Cuál de las ilustraciones es la más escalofriante? Explica.

3. ¿Cuál es el videojuego que más te gusta? Explica por qué lo elegiste.

SUGERENCIAS PARA LA ESCRITURA

1. Escribir historias para asustar puede ser muy divertido. Trata de escribir tu propia historia de miedo para compartirla.

2. Dibuja un monstruo. Luego, ponle un nombre y escribe varias oraciones que lo describan.

3. Escribe un párrafo acerca de la peor pesadilla que has tenido.

¿Cuál es la mejor manera de hablar con el monstruo del laberinto?

Desde muy, muy lejos

¿Qué le dijo un monstruo del laberinto al otro?

No sabes lo que te pierdes

¿Por qué la niña llevó su consola de videojuegos al doctor?

Porque tenía un virus

¿Por qué los gatos son buenos para jugar video juegos?

Porque tienen siete vidas

¿Cuál es el videojuego más triste?

El Tetris-te

¿Qué usan los gamers para pintar?

Pixeles

¿Cuál es el colmo de un gamer?

Perder el control

¡BU!

¡Descubre más libros que asustan!

Solo de Capstone